Harry Klopfer
Pflaumenaugust Willi

AF279541

Harry Klopfer

Pflaumenaugust Willi

**Eine Spessart - Erzählung
etwas anderer Art**

© Alle Rechte beim Autor
Herstellung: Books on Demand GmbH
ISBN 3-8311-3946-6

Meiner Bärenmutti gewidmet

*F*lüchtend vor einer schwarzgefleckten Dogge, rennt Papa am frühen Freitagabend die Krausenbacher Gondelweinstraße hinunter. Ausgerechnet muß Papa auch noch pissen, ausgerechnet jetzt.

"As-kaaa!!!" ruft jemand von weitem, eine Frau.

"Grrrrr..." Papas vierbeiniger Verfolger, wütend wie noch was, scheint nicht Aska zu heißen..."Grrrrr..."

Sicher, Papa kann kämpfen, kann auch gegen große Köter kämpfen, kann nämlich Kung Fu, nur: Papa muß dringend mal, muß unbedingt. Außerdem hat er noch was vor, heute Abend, was Wichtiges. Und mit zerrissenen Hosen und Bißwunden im Arsch, da läuft nichts.

Nach weiteren zwanzig, dreißig irrsinnig schnell zurückgelegten Metern hält Papa am Ortsrand abrupt an: Eine Mauer, mannshoch, efeubedeckt, juchhu, die Rettung.

Geschafft, geschafft! Mit dem zweiten Versuch gelingt es Papa, sie zu überwinden.

"Offoffoffoffoffoffoff... Off."

"Aska!! Hierher!! Bei Fuß!!"

Nach dieser Episode sehe ich mich in einer ach so lauschigen Gartenanlage, in der ich gerade noch zur rechten Zeit der Not gehorchend Lulu mache, und zwar vor Spannern gut getarnt in einem hypertrophen Fliederbusch. Hierbei schlagen mir zarte, himmlisch-zarte Duftnoten entgegen, vermischt mit dem viel herberen Geruch von frischgemähtem Gras, und während ich beim Urinlassen das balsamische Gemisch in tiefen Zügen durch die Nasenlöcher inhaliere, spende ich heimlich dem Bock Beifall, der rechter Hand in einem erbärmlich umzäunten Ziegengehege seine Geiß bespringt. Zur Abwechslung schaue ich wieder geradeaus durch das Fliedergebüsch hindurch auf ein einsam daliegendes, von Bäumen und Sträuchern umzingeltes Haus.

Irgendwas stimmt hier nicht, fährt es mir mitten im Pinkeln durch den Sinn. Weder der wild wuchernde riesige Garten, noch das Ziegengehege passen in diese doch feinere Gegend des Spessart-Ortes: Auch das alte, verschnarchte Haus nicht; vielleicht aber nur wegen der Fassade, die einen Neuanstrich vertragen könnte. Von mir aus in idiotengelb oder juckreizrot.

"Heh!! Hehda!!" ruft aus heiterem Himmel eine arg aufgeregte Stimme, eine Krähenstimme; die einer bösen Hexe. Immerhin kommt mir ihre rostige Klangfarbe derart unerquicklich zu Ohren, daß ich aus Versehen mein Hosenbein anpinkele. Ab sofort halte ich den Harn zurück: zwar unter Herzjagen, aber sonst ohne weitere Beschwernis, denn die Blase dürfte schon zu zwei Drittel geleert sein. Fast zeitgleich schiele ich nach halblinks hinüber zu einer Bretterbude. Ihr Dach ist abenteuerlich verzogen, die Tür steht weit offen und in der Tür steht jemand, der zu mir guckt.

Nichts Gutes ahnend uriniere ich erst mal weiter.

Er scheint von hagerer, leicht demolierter Gestalt zu sein, kaum größer als ein großer Zwerg. Jedenfalls steht er da, in der Tür, etwas vornübergebeugt, die Hände auf die Knie gestützt, reglos, lauernd.

Eben verschwindet er im Gartenhäuschen.

Und kreuzt schon wieder auf.

Nanu, unser Freund hat was mitgebracht: eine brennende Laterne, die er mit obligatorischem Blick zu mir auf einer Blechtonne abstellt. Sie befindet sich neben der offenstehenden Tür unterhalb eines vergitterten Fliegenfensters zwischen Stapeln aufgeschichteter Brennhölzer.

Ach ja, unter dem rechten Arm des großen Zwerges steckt noch etwas. Was es genau sein soll, lässt sich von hier aus in der Abenddämmerung nur schwer erkennen (Ich bin vielleicht blöd, okay, aber nicht blind). Dennoch: ein Knüppel, ein dicker Ast oder ein Baseballschläger könnte es schon sein. Oder ein Kracheisen.... Na dann aber gute Nacht, denke ich mir beiläufig, indem ich das Schiffen endgültig beende.

Während unsereiner unter Ziegengemecker seinen Hosenstall zuknöpft, schlägt der große Zwerg die Tür des Gartenhauses zu und verriegelt sie. Schließlich wendet er sich zur Blechtonne, ergreift die dort deponierte Lampe und tappt mit ihr - und mit dem verdächtigen Ding, das er unter dem rechten Arm schön mitschleppt - auf die Mitte des Gartens, direkt auf mich zu. Aber wie! Im Halbschatten seiner friedlich schaukelnden

Funzel sieht es so aus, als ob er seine Eier als Gegengewicht gebraucht, damit er nicht umfällt.

"DER WILL WOHL MIT DIR REDEN", munkelt mein Innerer Guru, worauf ich von hinten aus dem Fliederbusch hervortrete und dem Daherwankenden etwas entgegengehe.

Er trägt zuoberst einen Försterhut, ein bläuliches, bis zu den Ellbogen hochgekrempeltes Hemd, Kindergröße 128, höchstens, und eine Hose. Farbe: keine. Marke: Ehre der Arbeit. Die Beine stecken in kniehohen Anglergaloschen.

In dieser Phase des gegenseitigen Annäherns würde ich am liebsten laut lachend davonlaufen, bleibe aber am Ball, um zu erfahren, was Sache ist.

Bis zu unserem Zusammentreffen wären es nur noch sieben, sechs ordentliche Schritte. Unsere aber werden unschlüssiger und unschlüssiger, von Sekunde zu Sekunde, und mit jedem Schritt des gegenseitigen Annäherns stinkt es zunehmend nach Ärger.

Meine Neugierde steigt und steigt. Meine Kampfbereitschaft allerdings auch.

"NIMM DICH IN ACHT, ALTER!" warnt mich mein Innerer Guru. "NIMM DICH IN ACHT!"

Nun ist es soweit, Herr Jesus Christus: Wir haben voreinander Halt gemacht, spucknah, noch unter den Ästen eines hochstämmigen, dichtbelaubten Baumes.

Wir betrachten uns gegenseitig, von oben bis unten, und wieder zurück: Der große Zwerg unter Zuhilfenahme seiner leise flunkernden Kutscherlampe, die er mit ausgestrecktem Arm vorhält. Und wer hätte es geahnt? Das bereits erwähnte, besenstillange Ding, das sich unter dem rechten Arm des Schrumpfgermanen befindet, ist tatsächlich ein Schießgewehr. Aber was für eins!

"HOL`S DER HENKER", mosert mein Innerer Guru.

Rein objektiv betrachtet, dürfte er gute hundertfünfzig Jahre auf dem Buckel haben, dieser stumpf abgewetzte, besonders am Abzug sowie am Sicherungsflügel kunstvoll verarbeitete, womöglich aus einer Totengruft ausgebuddelte Donnerstock.

Ebensowenig ermutigend empfinde ich im übrigen die Visage meines Gegenübers. Etwas abgelenkt von dem Geflunker der Kutscherlampe, entdecke ich unter dem Hutrand einen abartig hervorstehenden Stirnhöcker, darunter zwei dunkle, tief in den Höhlen liegende Augen - Teppichhändleraugen, die mich ganz meschugge machen. Gänsehautaufstellend wäre vielleicht noch die nach innen gebogene Eulennase, das Warzenhaar am linken Jochbein, oder überhaupt dieses gruselig abgemagerte, gallig-gelbe Oval, welches in einen stoppeligen Kinnbart verläuft und neben Wagemut und Stolz erheblichen Mangel an Selbstbeherrschung ausstrahlt. Ganz zu schwei-

11

gen von dem ekelhaften Hals, der aussieht wie ein Truthahn am vierten Weihnachtsfeiertag.

Hin- und hergerissen zwischen dieser und jener Sehenswürdigkeit bekomme ich folgendes Gekrächze zu hören (Es hört sich an, als ob jemand in eine verrostete Gießkanne hineinsprechen würde):

"Hast du hier was zu suchen?"

"Meine Großmutter ganz bestimmt nicht. Geschifft habe ich, weiter nichts."

"So so, geschifft hast du also", erwidert mein Gegenüber ruhig, seltsam ruhig, indem er immerhin die idiotische Funzel herunternimmt und sie neben sich auf die weiche, dichtbewachsene Rasendecke abstellt; dabei werde ich gewahr, wie sehr sich die Sehnen seines rechten fleischlosen Unterarmes unter der Last der Donnerbüchse anspannen. "Sonst", fügt er dann lahm aufrichtend hinzu, "sonst gehts dir noch ganz gut, hm?!"

"Was heißt hier ganz gut?" töne ich in die anbrechende Dunkelheit. "Mir gehts glänzend." Mein Blick fliegt über den Försterhut zu dem alten, verschnarchten Haus, in dem im ersten Stock unter dem Dachvorsprung schon Licht brennt. "Ich fühle mich wie ein Löwe."

"Fragt sich bloß, für wie lange noch", krächzt der einsvierziggroße Altersheimkandidat und krault mit der freien Linken leise knurrend seinen Kinnbart.

"Darüber können wir gleich streiten, mein Gutester", gebe ich schwach grinsend zurück, worauf der Rentner das unter dem rechten Arm geklemmte Gewehr beidhändigst an sich reißt, unglaublich schnell und eingefuchst, was mich mit aller Gewalt zur Wachsamkeit stimmen sollte. Und während ich etwas irritiert einen kleinen Schritt zurückweiche, kriecht ein tückisches Kukident-Lächeln über seine Lippen.

Schließlich fragt er mich im zickig-jähzornigen Ton: "Du hast wohl keine Hemmungen, in aller Öffentlichkeit zu pissen, hm?"

"Mir blieb keine Wahl, leider."

"Teufel, gehört sich so was?! Pfui Teufel!"

"Wem es nicht paßt, der kann weggucken, Ende Banane."

Mein Gott, jetzt ist der Pflaumenaugust schon im Rentenalter und hat es immer noch nicht kapiert, daß Männer männlich sein sollen. Und: wie benimmt er sich?

"WIE EINE GEWITTERZIEGE, DIE SCHON SEIT JAHREN NICHT MEHR GEBOCKT WURDE, ORDNUNGSGEMÄß GEBOCKT WURDE", meint mein Innerer Guru.

Genau, genau, daran liegt es. Das ist auch der Grund für sein tantenhaftes Verhalten: gescheiterte Hoffnung, Entzauberung, Weltschmerz, Frust. Nur deshalb bin ich für ihn nichts anderes als ein Strolch. Ein zuchtloser, verkommener Strolch - nur weil er geschifft hat, draußen, unter freiem Himmel. Heiliger Karl Ludwig! Unter diesen Umständen hätte es doch jeder Mensch und Mann getan; einschließlich Fräulein Dr.

Lieschen Müller, die notfalls ihr Geschäft auch im Freien erledigt: im Wald, im Park, im See und auf der Heide, in der dunklen Ecke hinter der Kirche oder im Schwimmerbecken öffentlicher Badeanstalten... Na und, na und, solange es keiner sieht. Was ist schon dabei?! Mein Gott, mein Gott...

"Daß wir uns von Anfang an verstehen, Freundchen!" reißt mich der wohlbewaffnete Gartenzwerg aus meinen Betrachtungen. "Du befindest dich zufällig auf einem Privatgrundstück. Auf meines Vaters Grundstück! Also...!" Der Sprecher stockt. Kein Windhauch bewegt die abertausenden Blätter über unseren Köpfen. Es ist drückend schwül und düster. Vereinzelt fallen feine Regentropfen. Und drüben, am Fenster im ersten Stock des alten, verschnarchten Hauses, wo das einzige Licht brennt, zieht jemand die Übervorhänge zu... "Also zisch ab!" fährt mein Gegenüber in seiner Rede fort und verursacht mit dem Gewehr ein derb rasselndes Geräusch. "Aber dalli!"

Als diese bösen Worte verklingen, kratze ich mich unten am Bimbelbär; dabei denke ich über dieses und jenes nach, nur nicht an`s Weggehen. Dazu setze ich noch ein schafsköpfiges Grinsen auf und gucke damit abwärts, schrecklich langsam, wie in Zeitlupe: zunächst von der Horrorvisage des Opas auf den daruntersitzenden Truthahnhals. Von dort hinunter auf das hellblaue, ölverschmierte Hemd. Anschließend...

"Ab mit dir! Arschloch! Idiot!"

...Anschließend krabbelt mein nachdenklicher Blick über die Hose des Schimpfenden zu dessen schlammverkrusteten Gummigaloschen und von dort ein Stück an der Rasendecke entlang auf die gesengte Gewehrspitze. Sie zittert im Schein der abgestellten Kutscherlampe.

"Schwing die Hufen!" bockt der Opa und fuchtelt wegwerfend mit dem Gewehr. "Wirds bald!!" Und bei dem Wort 'bald' trampelt er mit dem rechten Stiefel so wütend auf, daß ihm der Försterhut jetzt schief auf dem Ohr sitzt. "Verdammter Sauhund!!"

Aufgrund dieser Beleidigung bleibe ich erst recht; stemme dreckig grinsend eine Hand in die Hüfte, ziehe die Augenbrauen hoch - bis zum Anschlag, und während der gute Herr seinen Försterhut wieder zurechtrückt - die gichtige Rechte hält das Gewehr mit angehobenen Lauf - sage ich ganz cool: "Willst du hier den Krawallo machen, hä?"

Kein Kommentar. Kein Bescheid.

Verächtlich recke ich den Hals vor, dabei gräbt sich mein Killerblick in die gelbsuchtverdächtige Visage des großen Gartenzwerges; und genau in dem Moment, als meine Adleraugen von den gallaffig nach hinten gezogenen Kinnbacken des alten Räubers eingefangen werden, kommt mir folgende Warnung zu Ohren:

"Hau ab hier, sonst ruf ich die Polypen!!"

Ruckhaft ziehe ich den stolz vorgereckten Hals zurück. "Die Po was?"

"Die Polypen."

"Die Polypen?! Die Polypen kommen immer zu spät. Und sie haben auch Angst. Manche sogar vor ihrem eigenen Schatten. Das Dumme ist bloß", ich durchbiege die Wirbelsäule, "daß alle schlau sind."

"Für dein Alter, Teddyboy, reißt du ganz schön weit das Maul auf", meint mein Widersacher mit gesenkt krächzender Stimme. Seine Augen blicken starr, wie bei einem Blinden. Die Gewehrspitze zeigt auf meine Fahrgestelle. "Man müßte es dir mal stopfen. Am besten gleich, an Ort und Stelle", schlußfolgert der Rentner, zu einem Zeitpunkt, wo ich eigentlich brav weggehen wollte.

"HAU IHM DOCH EINS AUF DIE GLOCK`", grollt mein Innerer Guru.

Zunächst also bin ich mächtig versucht, dem Opa einen Gong zugeben, lasse es aber dann doch dabei bewenden. Aus dreierlei Gründen: Ersteinmal hält mich mein Respekt gegenüber älteren Leutchen zurück.

„JAWOHL!"

Zweitens: Zu einem ehrenhaften, fairen Duell dünkt mich, müssen zwei kämpfen können.

„VOLL KORREKT!"

Der dritte Grund ist der, daß unsereiner die Weisheit auch nicht mit dem Löffel gegessen hat, nicht um einen Wald voll von Affen. Niemand. Kein Teufel. Weder Krethie noch Plethie.

16

„ABSOLUT"

Und viertens will ich mir meine gute Laune nicht verderben wegen einer Kleinigkeit. Besonders heute abend nicht, wo ich noch was Wichtiges vorhabe.

„ABER HALLO"

Neben den genannten Gründen, die mich davon abhalten, dem alten Bussard eins in die Gusche zu hauen, fährt mir noch eine Erkenntnis durch den Sinn, nämlich die, daß auch der Feind ein Teil der eigenen Welt ist. Und richtig aufgerüttelt von dieser Einsicht, fällt es mir jetzt auch viel leichter, meinem Gegenüber zu verzeihen, anstatt ihm einen Gong oder Arschtritt zu geben.

"SAG IHM NOCH WAS NETTES", bekräftigt mich mein Innerer Guru.

Also gut.

"Hochverehrter Opa", fange ich an zu labern," warum so krötig? Komm lieber mit Papa auf die Pirsch, in die Stadt zum Mäc Panis-Club." Ich zwinkere mit dem rechten Auge. "Da lassen wir dann actionmäßig die Puppen tanzen. Manche Weiber von dort", füge ich leiser sprechend hinzu, "sind von besonderem Reiz: Stu-uten von Frauen! Immer nasse Schlüpfer!"

Noch bevor ich am Ende des letzten Satzes angelangt bin, schwingt der Angesprochene das Gewehr mit der Mündung nach hinten auf die Schulter, und während sich seine gichtige Rechte um die Ruhigstellung der Waffe kümmert, krault er mit der daumenlosen Linken in seinem Kinnbart - so, als ob er mehrere Gewichte gegeneinander abwägen würde.

"Was ist, Mann?" frage ich flüchtig auf dessen Hemd, Hose und Gummigaloschen sehend. "Kommst du nun mit auf die Hoppla? Oder brauchst du noch eine schriftliche Einladung?"

Keine Antwort. Kein Bescheid.

"Der Eintritt kostet nur fünf lumpige Hühner, Mann!"

Das alte Arschloch nimmt das Gewehr wieder von der Schulter herunter und klemmt es so unter dem Arm, daß der Lauf auf meine Spangen-Slipperschuhe zeigt.

"Papa bezahlt, Mann!"

Auch hier läßt der Horrorgesichtige kein einziges Wort verlauten, allenfalls ein abgehacktes, nach innen gerichtetes Knurren, unhörbar fast, während seine Teppichhändleraugen seitlich über die leise flunkernden Kutscherlampe hinweg ins finstere Gras starren.

"Hast du Ohren, Mann?!" Ich lasse die Fingerknochen knacken. "Sei kein Arschloch, Mann!"

Meilenweit hinter dem verschnarchten Haus, am Horizont der Spessartberge, zerreißt ein Zickzackblitz den grauschwarz bewölkten Himmel; gefolgt von einem dumpf dahergrollenden Donner.

"Meine untertänigste Ehrerbietung." Als diese vornehm formulierten Worte fallen, sehe ich wieder hinunter, zu einem linkisch verneigten Wasserkopf, wie mir scheint. "Und nochmals meine untertänigste Ehrerbietung" höre ich ihn zum Grasboden hinabsprechen. Das Gekrächze grenzt schon an´s Jammerhafte. "Dein anregendes Angebot wohlt mich außerordentlich. Aber", der Redner richtet sich wieder in seiner ganzen Größe auf, wobei ein rauhes Geklirr seiner Waffe zu hören ist, "ich muß es leider abschlagen; aus zeitlichen Gründen, wohlgemerkt. Dennoch, äää..." In der Kehle des kleinen Krüppels rasselt und röchelt es. "Vielen, herzlichen Dank, werter Nestwichser."

Ohne auf die Provokation einzugehen, werfe ich einen langen Blick scharf nach rechts hinüber, zum eingangs erwähnten Ziegengehege, und es ist schon zu dunkel, um genau zu erkennen, was sich dort noch tut.

Hier, Herr Jesus Christus, ertönt ein hübsches, schwer nach Luft schnappendes "Hiiiiiiiiiii..."

Als es erstirbt, falte ich die Hände und lege leise lachend den Kopf zurück: Regentropfen, fein wie Glasperlen, fallen vereinzelt herunter.

Mein Gegenüber scheint wieder Sauerstoff zu kriegen: Er hustet.

Er hustet und hustet und hustet.

Und das quer im Bauch liegende Gewehr scheppert mit jedem Aushusten während ich mit knetenden Händen folgenden Reim vor mich hinsumme:

"Der Bauer sät das Korn, den Mädchen juckt es vorn, die Buben haben einen Ständer, huraaa, es ist Frühling im Kalender... Der Bauer sät das

19

Korn, den Mädchen juckt es vorn, gugu rugu guuu."

Nach dem schlimmen Hustenanfall, den er nun im Griff zu haben scheint, läßt der Pflaumenaugust folgendes verlauten:

"Mach dich endlich dünne, Teddyboy, bevor ich dich noch ins Pararadies schicke." Damit korrigiert er den Sitz seines Försterhutes, den Donnerstock in der Rechten wie einen Revolver haltend. Ob das Ding geladen ist, wage ich kaum zu bezweifeln.

"Nun mal schön langsam, Opa", antworte ich nervös werdend. "Überleg dir genau was du sagst."

"Ich habe lange genug überlegt. Mir fiel nichts besseres ein. Ich bitte vielmals um Vergebung." Der Sprecher knirscht mit den Zähnen. Daß er das immer noch drauf hat, dafür kann ich keine Worte finden. Gelegentlich stelle ich mir auch die Frage, welche Art von Frau diesen Kackvogel wohl umsorgen mag. Hm, und wie erst ihr Liebesleben aussehen mag.

"DER BRAUCHT DOCH EINEN GABEL-STAPLER, UM EINEN HOCHZUKRIEGEN", spaßt mein Innerer Guru.

Bedingt durch vorüberziehende, zum Teil rabenschwarze Gewitterwolken wird es dunkler und dunkler. Bedrohlich dunkel. Deshalb leuchtet jetzt die Kutscherlampe heller.

"Peng! Peng! Pengpengpeng!"

Hat der Typ noch alle Tassen im Schrank? frage ich mich stumm vor Staunen, während der Opa mit dem schräg hoch angelegten Gewehr irgendwelche Objekte ins Visier nimmt. Anscheinend Wolkenkuckucksheime.

"Peng! Pengpeng! Geh jetzt lieber, mein kleiner Tarzan, wenn du so alt werden willst wie Onkel Willi. Pengpengpeng!"

"MACH ES, SOFORT, ZACKZACK!" bestürmt mich mein Innerer Guru.

Zackzack?! Wieso zackzack? Warum auf einmal die Eile?

"ER IST BALLA BALLA! ER REIßT DIR DEN ARSCH AUF!"

Seitdem ich denken kann, ist es erst das dritte Mal, daß mir so ein Fuzzi von Mann Angst einjagen will. Auch noch einer, der leicht gehbehindert auf die siebzig zugeht und gerade mal so groß ist wie meine neunjährige Nichte Daniela. Aber eins muß man ihm lassen: zwei Seelen in der Brust und einen bitterbösen Uhu unterm Hut, das hat er, daran besteht kein Zweifel; das ist so wahr wie Scheiße Scheiße ist.

Sollte ich ihn deswegen auch noch bedauern?

"NEIN, NICHT DESWEGEN!"

Und weswegen?

"WEIL ER EINE VISAGE HAT, WIE DER ONKEL VON RUMPELSTILZCHEN", flüstert mir mein Innerer Guru zu.

Na gut, na gut.

"Pengpeng, Tarzan, pengpeng!"

Nö, ich habe es mir anders überlegt: kein Mitleid, keine Wärme. Selbst dann keine, wenn er in einer Gummigebärmutter herangewachsen wäre. Vielmehr frage ich mich, wieso ich weiterhin brav bleibe, anstatt ihm die Schnute zu polieren. In der Tat, denn dauernd diese Sticheleien; sie hängen mir langsam zum Hals heraus.

"Opa, Opa", schieße ich sehr verspätet zurück, "paß bloß auf, daß deine Zahnbürste morgen früh nicht ins Leere greift."

Blitzschnell reißt der Angesprochene das Gewehr herunter und richtet es schußbereit auf meinen Ballon: "Verpiß dich!! Tu mir endlich den Gefallen! Von nun an", die Krähenstimme des Eulennasigen ist dem Weinen nahe, "kann Willi für dein Leben nicht mehr garantieren."

Heftige Windstöße bringen ringsum die Blätter der Bäume und Büsche zum Rascheln. Am Himmel hinter dem alten Haus hängen dicke schwarze Wolken. Von fern grollt leise Donner. Und an der Straßenseite der Gartenmauer vor dem angrenzenden Waldhang brennen schon die Laternen. Der Freitag neigt sich dem Ende.

"Faltenkopf", sage ich einen Schritt zurücktretend. "Du bluffst doch bloß. Das kannst du gar nicht, mich abknallen, eiskalt, wie ein Karnickel. Du nicht."

"Nein?! Dann will ich dir mal zeigen, was Onkel Willi alles kann!"

"Okay, okay, ich geh ja schon. Man sieht sich ja wieder."

"Arschtörtchen! Ich kann es kaum erwarten", antwortet Willi in einer Art, in der viel Widerwärtiges liegt. "Ähähähäh..."

Während des dreckigen Gelächters sehe ich angespannt zu dem mysteriösen Haus hinüber, zu dem beleuchteten Fenster mit den zugezogenen Übervorhängen. Es geht mehr zum Ziegengehege hin, zum dahinter befindlichen Wiesenfeld.

An dieser Stelle wende ich mich zum Weggehen nach rechts ab, doch im nächsten Moment höre ich hinter mir ein derb knackendes, metallisches Geräusch. Es läßt mich bockstill stehenbleiben.

"Nimm die Hände hoch!"

"Wozu denn?"

"Die Wichsgriffel hoch, hab ich gesagt!"

Wie unter Hypnose heben sich meine Arme. Ähnlich sehe ich seitlich über die linke Schulter.

"Gut so", gibt mir der große Gartenzwerg zu verstehen, Gesicht und Försterhut dicht hinter dem Abzug der mörderischen Flinte. "Und jetzt umdrehen. Aber schön langsam!"

Ich gehorche.

"Prima, nett von dir. Ähähähähä..."

Ohne den Kopf zu bewegen, sehe ich hinunter in den Schatten der Kutscherlampe. Und ab diesem Zeitpunkt beginnt mir erst richtig zu dämmern, welche Teufelei der Typ doch an den Tag legt. Verglichen mit ihm, war Iwan der Schreckliche ein Friedefürst in höchster Vollendung. Jedenfalls sieht er schrecklicher aus wie Iwan der Schreckliche.

"Teddyboy!" Die Visage hinter dem Abzug des Gewehres keucht trocken. "Du hast noch etwas vergessen!"

"Und das wäre?" frage ich recht schroff, um mir Mut zu machen.

"Dich bei mir zu entschuldigen."

"Entschuldigen?! Wieso entschuldigen?"

"Weil du mich genannt hast einen Faltenkopf, zum Beispiel."

"Ich? Ich doch nicht!"

"Doch, doch, das war unser Teddyboy gewesen", meint Willi katzenfreundlich und tappt mit dem stramm angelegten Gewehr auf mich zu. "Also, ich höre."

Im selben Tempo der herannahenden Mündung lege ich den Rückwärtsgang ein: vorsichtig aus dem Schatten der Kutscherlampe heraustretend; vorsichtig, vorsichtig mit erhobenen Armen, Meter um Meter, immer wieder kurz nach hinten schauend, manchmal die Richtung etwas ändernd, wandelnd zwischen Büschen und knorrig emporgedrehten Bäumen, über Grasbüschel, Wurzelrippen und anderen Unebenheiten; und bei jedem Rückwärtsschritt spüre ich, wie das Bangen in mir zunimmt. Gleichermaßen...

"Na, nun sagst du gar nichts mehr, feige Sau!" funkt mein wachsamer Verfolger dazwischen. Gleichermaßen fühle ich mich so merkwürdig machtlos, wie barfuß bis an den Hals. Und im

24

Ganzen gesehen, sehe ich mich psychisch auf einem Drahtseil balancieren.

Ich gehe rascher, mit Fluchtgedanken, doch mein Verfolger hält sofort mit mir Schritt, das Gewehr nierenhoch auf mich gerichtet.

Um Zeit zu schinden, ändere ich dahingehend die Taktik, wieder artig-langsam abzudampfen.

"Was ist denn nur los mit dir?" ruft Willi, nicht ich. Uns trennen keine sieben Meter voneinander. "Hast du etwa Angst?"

"Wieso soll ich Angst haben?" Mit erhobenen Armen bleibe ich stehen.

"Weil ich sehen will, wie du stirbst!" Das Gewehr scheppert kratzig.

"Schmink dir es ab Alter. Du hast zuviel Bibel gelesen. Die Predigt läuft nicht." Wir gehen weiter, er vor- ich rückwärts, weiter durch die verdunkelte Dämmerung; bis hierhin ziellos, doch jetzt der mannshohen Gartenmauer entgegen. Dort, im Nahbereich des Eingangstores, ist es nämlich heller, vertrauter, heimischer, weil Licht von den Straßenlaternen hereinfällt. Helfen wird es mir natürlich wenig, wenn überhaupt. Aber was soll ich tun? Welche Richtung soll ich sonst einschlagen? Bis auf die Einzäunung des Ziegengeheges ist der übrige Teil des Gartens zugewachsen von hohem Buschwerk und stachelig aussehenden Hecken. Und auf der Rückseite des mysteriösen Hauses, wer weiß, was mich dort erwarten würde.

Das Scheusal folgt mir, logisch. Mit dem Gewehr im Anschlag scheint es ihm richtig Spaß zu machen.

"Hey, Arschgeige! Du mußt noch etwas hierbleiben!"

Vom Osten her grollt leise Donner. Auch setzt wieder Regen von der Nieselsorte ein. Und hinten, in der Nähe unter dem hochstämmigen dicht belaubten Baum, scheint die zurückgelassene Kutscherlampe ihren Geist aufzugeben: geht an und aus, an und aus.

Geht an und... ...bleibt aus.

Beim nächsten Rückwärtsschritt bricht ein Zweig unter meinem Schuh. Ich halte an und gehe weiter, gerade einen Forsytienstrauch streifend, schön in Richtung Gartenmauer.

"Laß bloß die Futtfinger oben! Ansonsten mach ich ein Kaffeesieb aus dir!"

Die Krähenstimme des Rufers verfehlt nicht ihre Wirkung.

Irgendwo in der Ferne ertönt das davoneilende Sirenengeheul mehrerer Rettungsfahrzeuge.

Es währt volle fünf Sekunden.

Auf der A3 könnte es wieder gekracht haben.

Überall lauert das Unheil, der Tod.

In diesem Augenblick stößt mein Rückgrat gegen einen harten, rauhen Gegenstand. Er läßt mich jäh zusammenfahren. Es ist der verkümmerte Rest eines abgestorbenen Baumes, wenige Meter entfernt von der mannshohen Gartenmauer. Türmen geht nicht. Um sie zu überwinden, müßte ich Anlauf nehmen. Das nahe Eingangstor kann ich ganz vergessen: wuchtig, gewaltig, zackenartige Beschläge, ohne Hilfsmittel unüberwindbar. Und verriegelt wird es sowieso sein.

"WENIGSTENS", bemerkt mein Innerer Guru, "SCHEINT ETWAS LICHT VON DER STRASSE HERÜBER."

"Jippijajeee!!" hupt der heranstrolchende, offenbar geistesgestörte Gartenzwerg.

Jetzt bist du geliefert, jetzt bist du hin, denke ich als nächstes, die Hände noch immer in Kopfhöhe erhoben, das Rückgrat gegen die brüchige Rinde des hohlen Baumes gelehnt, bibbernd vor Furcht am ganzen Leib. Und die armen Arme! Sie werden schwerer und schwerer, bleischwer. Wie gerne würde ich sie mal herunternehmen, wenigstens für einen Moment.

"Unser Teddyboy wird doch jetzt nicht schlapp machen?!"

Wie ein Magier starre ich auf den Gewehrlauf. Er scheint von Geisterhand geführt auf mich zuzuschweben.

"Haltung mein Freund! Haltung ist ganz wichtig im menschlichen Dasein! Ähähähähähä ..."

"M-m-mann!" fange ich an zu stottern. Das dunkle Nichts des Eisenrohrs nähert sich unaufhaltsam, nimmt zu an Größe, von Sekunde zu Sekunde. "Hör endlich mit dem Scheiß auf."

"Ich höre damit auf, wann ich will." Nach Willis Worten taucht die markstückgroße Mündung direkt unter den Nüstern meiner Nase auf, berührt sie, knutscht sie.

"Auuu!" Meine erst kürzlich von einem erzürnten Ehemann polierte Nase, die ich zur Zeit nur mit Sorgfalt bewegen darf.

"Killekillekätzchen."

"Auaaaaaaa!!"

"Aber Spaß beiseite, Teddyboy. Jetzt wird es ernst, sehr ernst."

Schonsam befühle ich den Nasenrücken.

"Lass die Futtfinger oben!" Mit dem vorgehaltenen Gewehr in beiden Händen stiefelt der Sprecher drei Schritte rückwärts von mir fort. Dann sagt er: "Hör zu, Idiot. Gleich wird Onkel Willi bis dreizehn zählen. Danach pustet er dich ins Ewige Himmelreich." Die Worte klingen in meinen Ohren wie Totenglocken. "Es sei denn, werter Teddyboy, du entschuldigst dich bis dahin."

"Du kannst mich mal kreuzweise!" Meine Antwort macht mich kühn genug, beide Hände herunterzunehmen.

"Na schön, na schön, wie du willst." Konzentriert wie ein Präzisions-Schütze der GSG 9 zieht die Sau das Gewehr an die Schulter. Das Ziel: mein schweißtriefender Ballon.

"Eiiins!"

Heiliger Gott, der Furz fängt tatsächlich an zu zählen, zählt langsam, laut und deutlich.

"Zweiii!"

Und zu jeder Zahl macht er einen Parade-schritt, auch noch auf der Stelle.

"Dreiii!"

"Ich zähl nur bis eins", sage ich, um den Mut nicht ganz zu verlieren.

"Maul halten, Fotzenlecker! Und wag dich vom Fleck zu rühren!"

"ENTSCHULDIGE DICH BEI IHM", rät mir mein Innerer Guru.

"Viiier!" tönt Willi eine Spur lauter, den Para-deschritt weglassend.

Von wegen entschuldigen. Bei dem? Niemals! Eher fresse ich meine Zehen bis zu den Knien.

"Füüünf!"

"DU HAST KEINE WAHL."

"Seeechs!"

Ohne die mörderische Flinte aus den Augen zu lassen, drehe ich mich langsam zur rechten Seite hin, darauf aus, den Trick 17 anzuwenden.

"Sieeeben! Zurück marsch marsch!... Zu mir!... Zumirhabichgesagt!!!"

Bestimmt gibt es noch eine Möglichkeit, den alten Dussel zu überlisten; zwar keine 100% ige, aber eine Möglichkcit. Die Anwendung von Kü-chen-Kung Fu nämlich.

"Aaacht!"

"BEI DIESER NUMMER WIRD DIR DER ALTE DUSSEL DAS GEHIRN DURCH DIE NASENLÖCHER PUSTEN, GROßER MEI-STER."

Nanu, Willi hört auf einmal auf zu zählen! Hört tatsächlich auf damit, der Schweißfußbastard! Und während das Rattern eines Traktors im Ort die Stille in Stücke schneidet, nimmt er sogar das angelegte Gewehr herunter; nimmt es bis zur Brust herunter und schwenkt es so weit beiseite, dass die Mündung fern von mir weg nach Südwesten zum Ziegengehege zeigt. Mir fällt ein Stein vom Herzen. Mein Gott bin ich froh, es geht aufwärts.

"Aufgepasst, Teddyboy! Eins, zwei, drei, vier, fünf, sechs, sieben, acht...

Himmelarsch! Was hat das nun wieder zu bedeuten?!

"Acht, acht, acht, Teddyboy!!" Willi schüttelt das vorgehaltene Gewehr, die Mündung sticht in meine Richtung. "Wir sind schon bei acht!" fährt er ultimativ fort, wie ein Himmelskomiker während einer Segensandacht. "Ich wiege mich in der Hoffnung, daß du dir des Ernstes dieser Stunde voll bewußt bist. Noch hast du Zeit, dir es zu deinen Gunsten anders zu überlegen. Du brauchst dich bloß bei mir zu entschuldigen, sonst nichts." Willis daumenlose Linke schlägt an den Gewehrkolben, die Rechte bleibt unter dem Vorderschaft. "Tu es lieber, wenn du den Bericht aus Bonn noch sehen willst."

"WILLIS VORGEHEN SOLL DICH NUR IN WIRRSAL, IN RATLOSIGKEIT VERSETZEN", vermutet mein Innerer Guru.

Ehrlich gesagt gelingt ihm das auch, dieses beispiellos-dreiste Unterfangen, mit meinen Eiern Ping Pong zu spielen, was mich wiederum dazu veranlaßt mein Manko, meine Unterlegenheit zu kaschieren:

"Ich habe es dir doch schon gesagt!" rede ich in die gewittrige Schwüle hinein. "Du kannst mich mal kreuzweise; alter Stinkbock du."

"Das war aber sehr ungezogen von dir", mir so etwas zu sagen", höre ich den Letztgenannten auf der Unterlippe knappernd sagen. "Sehr, sehr ungezogen. Dennoch, Teddyboy, klingt dein Vorschlag, dich am Arsch zu lecken, geil. Gigageil. Doch ich denke, daß es nicht gerade redlich von mir wäre, ihn zu beherzigen." Willi sieht kopfwedelnd am Erdreich entlang. "Dafür werde ich dir ein paar schöne Salven vor den Latz ballern."

Zum zweiten Mal ertönt aus der Ferne davoneilendes Sirenengeheul, das von Feuerwehren.

"Die Flossen hoch, Flachwichser! Unser Spiel kann weitergehen... Noch höher!!"

Es nieselt noch, mein Hals ist trocken, ich schwitze wie ein Schwein. Mein lieber Herr Gesangverein, was hatte ich mir heute Abend alles vorgenommen: In die Stadt fahren, ein bißchen bummeln - in der City, einen Mocca trinken, den Weibern nachschauen, anschließend Essen gehen, mexikanisch, reichlich - was soll der Geiz, und dann aber ab die Post zum Mäc Panis-Club. Das war mein Plan! So sah er aus! Und was ist daraus geworden?! Wie konnte ich nur hierher geraten, in diesen gottverdammten Garten?!

"GESCHEHEN IST GESCHEHEN", haucht mein Innerer Guru.

Hätte ich doch nur die Wette beim Lugi in der Räuberschänke verloren, das Geld, die hundert Hühner... Ach, Quatsch, Kleinigkeiten. Ich hätte mir von der Dogge in den Arsch beißen lassen sollen, dann wäre ich bestimmt nicht hierher geraten.

"HÄTTE, HÄTTE, HÄTTE. HÄTTE DEINE OMA HODEN, WÄRE SIE DEIN OPA," behauptet mein Innerer Guru.

"Hey, Klowichser, wie siehts aus?!" Unter dem krähig-krächzenden Klang der Stimme falte ich die Hände am Hinterkopf. "Bist du nun so nett, und bittest bei Onkel Willi eilends um Verzeihung? Später ist zu spät."

"Denkst du, ich nehme den Dünnschiss ernst, den du da von dir gibst?!" Ich gucke zum angeschwärzten Grau des Himmels, und während ich fieberhaft überlege, wie ich den eulennasigen Opa überrumpeln und entwaffnen könnte, läßt dieser - es darf doch wohl nicht wahr sein - einen tierischen Furzkracher fahren.

"Wie dem auch sei, werter Klowichser, ich befürchte, daß du mich nicht ganz verstanden hast. Schade, jammerschade." Der Stinker mit dem Försterhut und den schlammverkrusteten Gummigaloschen streichelt am Gewehrlauf entlang. "Ich habe alles, wirklich alles in meiner Macht stehende getan, dir zu helfen. Jedoch vergeblich. Wie doof du doch bist: döfer als das döfste Schaf."

In tapferer Gelassenheit öffne ich die am Hinterkopf gefalteten Hände. Und mit beiden dann, massiere ich meinen schweißfeuchten Mohnbrötchenbart. Urplötzlich ruckt das Opagewehr krachend unter dem Rückschlag hoch. Zu Tode erschrocken zucke ich zusammen.

"Jaja, Dummheit und Stolz sind aus einem Holz." Willi checkt den Schlagbolzen ab. "Und durch Heldentaten, mein guter Teddyboy, landet man nur im Sarg... Dennoch gibt es viel schlimmere Dinge, die der Mensch erleben kann, als den Tod." Willi schnuppert am Gewehrkolben, ohne den Blick von mir abzuwenden. "Denk mal darüber nach. Aber beeil dich, denn schon sehr bald könnten deine Eier in Tomatensoße enden."

Rauh schluckend steigt in mir ein noch nie dagewesenes Grausen auf: schon der Gedanke, daß... ..., läßt mich schwindlig werden. Grauenhaft diese Vorstellung.

"Und wenn du willst", fügt mein feindlichster Feind im Nachhinein hinzu, "dann verschicke ich das, was von dir übrigbleibt, hübsch verpackt zu deiner Mutter - Alles klaro? Ähähähä... Ääääähähähä..."

Das Gesagte frißt an mir, quält und verwundet mein Gemüt so sehr, daß mir die Antwort: "Laß meine Mutter aus dem Spiel" von Anfang an im Hals steckenbleibt; so sehr, daß ich das eigene

Blut in den Schläfen pochen höre, in diesen üblen, unheilschwangeren Momenten, in denen ich ohne jeglichen Skrupel Mordgedanken hege. Freilich sind mir die verborgenen Mächte und Kräfte fremd, die meinen vierunddreißigjährigen Geist derart gezielt unter Druck setzen, ihn förmlich dazu zwingen, die gottsträflichsten aller Gedanken zu denken. Ich muß aber auch anheimstellen, daß mir dieser Umstand so wurscht ist, wie wenn jetzt irgendwo in China ein Sack Reis aufplatzt.

Dementsprechend läuft in mir folgender Film ab:

"Laß meine Mutter aus dem Spiel." Ich atme vom linken Ohr ins rechte Bein. "Duuu verdammtes Stück Scheiße!"

"Nanana, wer wird denn gleich den Humor verlieren?!" Willi küßt sein Gewehr. "Aber keine Sorge: unangenehme Dinge pflege ich schnellstens zu erledigen... Ich denke, wir wissen jetzt, wo wir stehen."

"Das wissen wir, allerdings", bestätige ich voller Anspannung, mühsam um Fassung ringend.

Irgendwo auf der Straße hinter der Gartenmauer springt der Motor eines Autos an. Springt leise an und rollt allmählich davon. Spaziergänger, Wanderer, Tourist.

Während sich meine Wut im Bauch etwas zu legen scheint, fängt Willi von vorne an zu stän-

kern. Mit dem Gewehr im Anschlag und gemüt-
lichst auf der Stelle tretend fragt er mich:

"Sag mal, Linkswichser, hat man dir ins
Gehirn geschissen und vergessen umzurühren,
oder bist du nur lebensmüde?

"Nun, wenn ich ehrlich sein soll, trifft mehr
oder weniger der erste von beiden Fällen zu, zu-
mal es mich mächtig ärgert, daß ich es versäumt
habe, deinen verkalkten Schädel einzuschlagen."

"Interessant, interessant. Also doch nur lebensmüde, wenn Onkel Willi richtig verstanden
hat."

Rechts hinter mir, hinter dem toten Baum, ra-
schelt es im Gebüsch.

"Naschön, naschön, naschön. Ich hab ja genug
Kugeln im Gewehr; genug für dich, um zum lie-
ben Gott zu sausen. Und da ich ein guter Christ
bin - katholisch, werter Klowichser - will ich dich
nicht mehr länger warten lassen."

Noch während die Worte fallen, verschränke
ich die Arme in frommer Zuhörerschaft: obwohl
mir der Arsch geht, eins zu tausend.

"Daß du Katholik bist", sage ich dann wenig
löwenherzig, "erscheint mir so nebensächlich wie
die Leberwurst beim Einkaufen."

"Daß du das noch sagen kannst, ist verdammt
mutig von dir", wähnt Willi, mit der daumenlosen
Linken über den Gewehrlauf wischend. "Für ge-
wöhnlich hält man doch die Schnauze, wenn man
in der Tinte sitzt... Mag sein, wie es will: ich

glaube, wir entfernen uns zu sehr vom eigentlichen Thema. Meinst du nicht auch?"

Ohne auf meine Antwort abzuwarten, legt der kleine Krüppel das Gewehr wieder an. "Wo waren wir stehengeblieben? - Ach ja, bei acht! Und wann wollte Onkel Willi schießen? Bestimmt bei dreizehn! Also: Acht. Neun. Zehn. Elf. Sag langsam deinem Arsch adieu."

Heiliger Gott, steh mir bei!

"MIT DEM TOD", meldet sich klösterlich mein Innerer Guru, "MÜSSEN WIR DOCH ALLE RECHNEN."

"Zwööö-lf. So Tarzan, jetzt kanns gleich sehr lustig werden. Ähähähähä...

"Verzeihung, gütiger Herr!" Ich lege die Hand auf das Herz wie ein Opernsänger. "Verzeihung!"

"Kommt zu spät, Klowichser, kommt zu spät... Dreiii-zehn!!.. Peng!! Ääääääääää-hähähähähä-hä... Pengpengpeng!! Ääääääääää-hähähähähä-hä... Äääääääääää-hähähähähähä... Äää-tschihhh."

Nanu nanu nanu!, unser Kackvogel muß Hatschi machen, hübsch hatschi machen.

"Ääääää-tschihhh!"

"JAJAJAJAJAJA...!"

"Äääääääääää-tschihhh!"

Bei diesem Hatschi, dem scheinbar letzten, senkt little Willi so tief seinen bemützten Hirnkasten, daß er mich sträflichst aus den Augen verliert. In nullkommaplötzlich packe ich die Gelegenheit beim Schopfe, indem ich blindwütig wie ein wildgewordener Brüllaffe auf den Altersheimkandidat zustürme, und noch ehe sich dieser versehen kann, was gerade geschieht, reiß´ ich ihm die Flinte aus den Händen, eile mit ihr zum erstbesten Baum und zertrümmere sie. Und das übrig gebliebene Stück Eisen schleudere ich im hohen Bogen wie beim Hammerwerfen ins zwanzig Meter entfernte Ziegengehege. Gleich danach eile ich mit Riesenschritten zum Onkel Willi zurück, der offenbar die Aktion wie angewurzelt mitverfolgt hat. Doch schon im nächsten Moment ergreift er das Hasenpanier. "Hil-fe!! Hil-fe!!" kreischt er türmend In Richtung HokusPokus-Haus. "Helft mir doch!!"

"Hiergeblieben, Drecksau!!!" brülle ich schweißüberströmt, während meine lang ausgestreckte Rechte Willis Hemdsärmel zu fassen kriegt.

"Hiiil-feee!!!"

"Schnauze, arschgefickter Hurenbock!" Ich ziehe ihn am Hemdkragen hoch. "Wenn du sie nicht halten kannst, haut Papa dir den halben Kopf weg!! Kapinski??"

Willi nickt widerwillig und stößt, ohne den geringsten Widerstand zu leisten, krächzende, ächzende, halberstickte Laute der Erschöpfung aus. Er hört nicht auf damit.

"So, du furzende Mistfliege, jetzt hör mir noch mal gut zu!" Ich zerre den Kinnbärtigen ganz dicht an mich heran.

"Äääääääääääää...!!!"

"Sieh mich an, wenn ich mit dir rede!!!" tobe ich wie schon seit langem nicht mehr. Dabei fällt mir zum ersten Mal auf, daß sich hinter dem rechten Ohr des Rentners ein Hörgerät befindet. "Ab sofort sind wir quitt! Einverstanden??!!"

"Laß mich, laß mich los!" Rettichgeruch schlägt mir entgegen.

"Ob du einverstanden bist, hab ich dich gefragt!!" Ich schüttele den kleinen Krüppel wie ein Zwetschgenbäumchen rucki zucki kräftig durch; so kräftig, daß ihm nacheinander, zunächst der Försterhut, dann das AOK-Horchgerät herunterfällt.

Jaaa-doch! Ein-ver-standen!"

Trotz dieser Zusage umschlingen meine Hände Willis Truthahnhals, umschlingen und würgen ihn: Sekunden lang. Es bewirkt, daß sich seine gallig-gelbe Visage zunehmend dunkler verfärbt. Dunkler, frischer, gesünder.

"I-ch, kei-ne Luft mehr. I-ch ver-reck-äh", kriege ich als nächstes vorgegaukelt, obwohl ich den Würgegriff schon längst auf ein erträgliches Maß gedrosselt habe.

Angeekelt von Willi, und von allem was zu ihm gehört, stoße ich ihn von mir weg. Und während er kopfabwärts jede Menge Schleim ins Gras spuckt, reibe ich mir die fettig-feuchten Hände an den Hosenbeinen ab. Dann erst gebe ich dem Försterhut einen Tritt.

Als ich damit fertig bin, mache ich Anstalten Willis Hörgerät aufzuheben.

"Heiliger Johannes!" tönt es unerwartet über meinen Kopf hinweg, während ich hockend wie auf einem orientalischen Plumsklosett das Hörgerät aus einem feucht-sandigen Grasbüschel herausfische. "Mein schönes Gewehr! Er hat mein schönes Gewehr kaputtgeschlagen!"

"Hier, nimm erst mal deinen AOK-Otto", sage ich mit ernstem, seitlich nach oben verdrehtem Gesicht. Anschließend erhebe ich mich, langsam, langsam, wie ein Gewichtheber unter einer schweren Last.

Die tiefhängenden Gewitterwolken haben sich verzogen. Zeitweilig tröpfelt es noch. Der letzte Tag im Mai neigt sich dem Ende.

Wortlos steckt Willi das Hörgerät in die rechte Ohrwaschel. Anstatt jetzt dankeschön zu sagen, oder so etwas ähnliches, jammert er scheu zu mir emporblickend: "Weißt du, weißt du überhaupt, was du da angerichtet hast?"

"Na was denn?"

"Das Gewehr, daß du mir vorhin gelyncht hast", bemerkt Willi voller Wehmut, "war eine Rarität sondergleichen: ein edles, unvorstellbar kostbares Stück Vergangenheit - so gut wie unverkäuflich. Dieses Gewehr", fährt er kopfwedelnd mit gesenktem Blick fort, "dieses gute Gewehr gehörte ursprünglich meinem Vor-Vor-Vater namens Fridolin Katzenberger; einem sagenumwobenen, weder Tod noch Teufel fürchtenden Desperado, der zu Napoleons Zeiten in Rußland an zig Kesselschlachten erfolgreich mitwirkte.

Wo er hinkam, zitterten alle Löwen und alle Bären fielen tot um. Deswegen wurde er auch Fridolin der Unerschrockene unter seinen Gönnern genannt... Und nun?!" krächzt Willi weinerlich weiter. "Und nun ist die Knarre am Arsch!"

"Zum Kuckuck mit Fridolins Flinte. Das hättest du dir früher überlegen sollen."

Erdrückende Schwüle liegt in der Luft. Mein Mund ist brottrocken. Langsam kriege ich Durst.

"Mein schönes Gewehr", jammert Willi von neuem und fängt mit Blick zum Ziegengehege laut an zu flennen.

"So ein Donnerstock", entfährt es mir nach einer angemessenen Weile, "ist ein Unfall, der nur darauf wartet, zu geschehen. Also hab dich nicht so." Ich wische mir mit dem Ärmel Schweiß vom Gesicht. "Sei lieber froh, daß du mir damit nicht in den Ballon geballert hast; dann nämlich wärst du für den Rest deiner Tage beim Vater Phillipp - im Knast - gelandet, und ich, ich wäre aller Wahrscheinlichkeit nach viel zu früh in die Ewigen Jagdgründe eingegangen. Könnte mir keinen mehr auf die Lampe gießen. Bocken noch viel weniger... Et cetera, et cetera, et cetera."

Meine leicht verstehbaren, für jeden Macker kristallklaren Argumente geben Willi keinerlei Starthilfe: Er zerfließt in Tränen.

Es zieht sich dahin, als ob es kein Ende nehmen würde.

Inzwischen ist der Himmel mehr schwarz als grau. Ich schaue auf die Uhr. Bald halb zehn. Zeit zum Gehen.

"Gemeiner Hund", schluchzt Willi, wie ein kleines Kind. Dünne silberne Härchen kleben ihm auf der Schädeldecke.

"Sei bloß still, alter Freund", sage ich herrisch herabschauend. "Ansonsten binde ich dich da oben an die Spitze des Baumes. Da kannst du dann bleiben, bis du schwarz wirst." Noch beim Sprechen lasse ich den Pflaumenaugust einfach stehen, ohne tschüß zu sagen oder astalawista, einfach so.

Wegen dem Ärger, den er mir gemacht hat, müßte er eigentlich seine Eier als Ohrringe tragen.

"Der Blitz soll dich beim Scheißen treffen!!"

Trotz dieser Worte gehe ich weiter, von Baum zu Baum, von Strauch zu Strauch, auf die hohe Gartenmauer zu.

Wenige Schritte später quietscht jemand "Wil-liiiiiiiiii...!!!"entsetzlich laut durch die Nase. Auwauwauwauwau! Es trifft mich, ungelogen, wie ein Pfeil. Instinktiv in Deckung gehend, glaube ich die Stimme einer ganz bestimmten Sorte von Frau wiederzuerkennen: die einer hysterisch veranlagten Kratzbürste. Denn gerade dieses feine, nadelspitze iiiiiiiii... am Schluß klingt endlos langgezogen, ansonsten schrill und nervtötend genug, daß einem die Vorderzähne weh tun.

Als davon nichts mehr zu hören ist, drehe ich mich mit einem offenen Auge nach dem alten Haus um:

Hale-lulia! An dem teegelb beleuchteten Fenster unter dem Dachvorsprung zeigt sich etwas. Etwas Käsweißes.

"ES IST DER GEIST VOM ALTEN FRITZ", haucht mein Innerer Guru, worauf der angerufene Willi meine Aufmerksamkeit in Anspruch nimmt: Für die Geistererscheinung nicht sichtbar, wandert er an der bläulich schimmernden Seitenfront des Hokuspokus-Hauses auf und ab; wie jemand, der verzweifelt darüber nachdenkt, was er als nächstes tun soll.

Just ertönt ein weiterer Willi-Aufruf. Es hört sich etwas besser an; zwar immer noch laut genug, daß man es in der entfernten Nachbarschaft hören könnte, dafür aber kürzer und ein wenig freundlicher.

"Ja, Frieda, wo brennt´s denn?" ruft Willi und taucht schräge hochsehend aus dem Schatten der Seitenfront heraus in das Gesichtsfeld der Geistererscheinung. Fast zeitgleich leuchtet eine Wandleuchte über dem Hauseingang auf. Wie an der Seitenfront, scheint auch hier ein Bewegungsmelder installiert zu sein.

Von der amüsiertesten Neugierde gepackt, pirsche ich mich mit Sprungfeder-Laufschritten an das Hexenhaus heran.

Unterwegs höre ich Friedas Stimme deutlich sagen:

"Was treibst du noch da draußen?! Komm endlich hoch, das Essen ist fertig!"

Donnerwetter, denke ich mir, in bester Horchnähe, hinter einem Busch postiert, mein Innerer Guru hat doch Recht behalten. Denn die Fensterrednerin, angetan mit einer schlohweißen Blumenkohlfrisur, sieht tatsächlich aus wie der Alte Fritz.

"Was gibt's denn Gutes zu essen?" will Willi von ihr wissen.

"Kartoffelpuffer mit Apfelmus", heißt die herzlose Antwort, worauf Willi aus dem Hosensäckel irgendeinen Lappen herauszieht, ihn auseinanderfaltet und deftig hineintrompetet. Und nachdem er geradezu sachkundig seinen Rotz inspiziert hat, fragt er wiederholt:

"Was gibts, Friedachen?"

"Hat dein Hörgerät Feierabend oder was?!" Friedas Arme zeigen eine irrsinnige Heiterkeit. "Zum letzten Mal, es gibt Kartoffelpuffer. Beeil dich, bevor sie noch kalt werden. Hopphopp!"

"Warte Friedachen, ich komme gleich", erwidert Willi ganz außer sich vor Freude. "Ich muß nur noch... ach, scheiß drauf", fährt er abwinkend fort und tappt auf den ärmlich überdachten Eingang des Hauses zu - steifbeinig, und krummbuckelig wie ein dahingekritzeltes Fragezeichen.

Weil es mir gerade in den Kram paßt, werfe ich ihm einen herausgerissenen Grasbüschel hinterher.

Der aber verfehlt leider sein Ziel. Trifft nur die Hauswand unten rechts unterhalb eines der verrammelten Fensterläden. Willi jedenfalls scheint von dem Anschlag weniger wie nichts bemerkt zu haben: tut eifrig, vermutlich auf einer eisernen Türvorlage, seine Stiefel abtreten.

"Willi!"

"Ja, Frieda, was ist denn noch?" fragt Willi strammstehend, ohne hochzusehen.

"Ich - ich glaube, jemanden zu sehen. In unserem Garten!"

Willi hält die Hand ans Ohr. "Was? Was hast du gesagt?"

Bei diesen Worten wedele ich mit einem Blütenzweig.

"Zum Geier!" flucht Frieda Ungeheuer, den Wirsching weit durch die Fensteröffnung gesteckt. "Im Garten ist jemand!"

"Wo? Wo?" ruft Willi wirr im Halbkreis umherblickend, obwohl er mich längst bemerkt haben müßte. "Wo denn?"

"Daaa, du Döskopf!!" Friedas ausgestreckter Finger deutet auf mich wie auf einen Hasen. "Gleich hinter der Birke, im Rosenbusch. Siehst du ihn?"

"Jaaa", antwortet Willi geheimnisvoll, als ob er eben erst meine Gegenwart bemerkt hätte. "Ja, jetzt sehe ich auch jemanden - einen Sockenlutscher, der sich verlaufen hat. Hihihihihihi..." Das Gegickel erinnert an die Großmutter von Gretel und Hänsel. "Hihihihihihi..."

"Opa!" rufe ich aus dem Rosenbusch heraustretend. "Hast du immer noch nicht genug, hä?"

Willi würdigt mich keiner Antwort. Im fahlen Licht des Hauseinganges steht er da, wie jemand, der von hinten gefeuert werden will: breitbeinig vorgebeugt, abwartend, verfügbar. Selbst Frieda, selbst sie hält, heimlich-ängstlich hinter dem dunklen Vorhang hervorlugend, die Klappe. Folglich ist es ganz still geworden, friedhofsstill.

"Keule! Ich kann dir noch in deinen verschissenen Arsch treten! Hast du gehört!?" Als diese Worte über meine Zunge hüpfen, erscheint Frieda wieder in ihrer ganzen Schönheit.

"Wenn du mir sowas sagst, bekommen wir Ärger", knurrt Willi sich etwas aufrichtend.

"Willibald!" zischt Frieda. Sie beobachtet jede meiner Bewegungen. "Was hat das alles zu bedeuten? Wer ist dieser Kerl?"

"Sei unbesorgt, meine Gute!"

"Bei dir piept`s wohl! Auf unserem Grundstück treibt sich ein Fremder herum, und ich soll mir keine Sorgen machen?!"

"Ich regel das schon."

"Was heißt hier, du regelst das schon?! Schlag ihn in die Flucht!"

"Geht in Ordnung, Frieda." Little Willi keucht auf, und während er sich mühsam, mit der Rechten den Lendenwirbelbereich abstützend, ganz aufzurichten versucht, kommt mir folgendes Katzengejammer zu Ohren:

"Oje oje, mein Kreuz, mein Kreuz!" Willis ausgestreckte Linke ergreift den Türgriff. "Allmächtiger Schweinebraten, mein Kreu---z!! Mmmmh!"

"Machst du Witze?" fragt Frieda sehr skeptisch, aber auch besorgt.

"Ganz im Gegenteil", erwidert Willi, wie ausgeblutet.

"Ich rate dir gut, meinen Befehl Folge zu leisten. Jag den Kerl fort."

"Ja, aber..."

"Kein Widerwort! Sonst gibts Hausarrest!"

Hier wendet sich Willi an meine Wenigkeit:

"Wirst du da mal verschwinden?"

"Ist geritzt Opa", sage ich leise; leise, matt und lustlos, denn mein Bleiben scheint mir sinnlos geworden zu sein. Außerdem habe ich Durst. So beschließe ich, bevor es erneut ausufert, endgültig das Feld zu räumen.

"Guck, Frieda, er geht! Gut?"

"Gut!"

Halb hinhörend ziehe ich weiter, auf die Gartenmauer zu.

Von dem HokusPokus-Haus übrigens, führt kein einziger vernünftiger Weg zum Tor nach draußen. Kein Kiesweg, kein geteerter, nichts dergleichen.

"Mein Mann wird dir das nächste Mal die Scheiße aus dem Arsch prügeln!!!"

Mit dieser Obszönität im Ohr streifen meine Blicke noch einmal den finster daliegenden, von dutzenden Düften geschwängerten Garten: Die windschiefe Bretterbude, die Blechtonne, die Stapel kurz abgesägter Brennnhölzer, das verwahrlost umzäunte Ziegengehege, die üppigen Sträucher, die Bäume, die krummgewachsenen, knorrig emporgedrehten Bäume, die Krokusse und Forsytienbüsche; darunter die vielen anderen mir unbekannten Blätter, die den längst erwachten Frühling in sich tragen.

Frieda sei mit euch, denke ich mir abschließend, wenige Schritte vor dem Ziel, und während weitere obszöne Ausdrücke in Verbindung mit "Er frißt dich zum Frühstück!!!" hinter mir her fliegen, nehme ich in der Nähe des mächtigen Eingangstores kurz Anlauf und überwinde die etwas niedrigere efeubedeckte Gartenmauer.

Hart auf den Füßen gelandet, sehe ich mich um, wie ein Dieb: Kein Mensch. Kein Laut. Kein Lebenszeichen. Einsam brennt die Straßenbeleuchtung unter dem schwarzgrau verschleierten Himmel. Geschlaucht von den Anstrengungen der letzten zwei Stunden, stelle ich fest, wie dreckig ich bin.

Flüchtig trete ich mir den feuchten Sand von den Sohlen, wische Laubreste, Efeu und anderes Grünzeug von der Kleidung ab.

Meine Hand blutet ja! Der Daumen. Er zeigt eine Schnittwunde.

Müßte eigentlich verarztet, wenigstens verbunden werden. Die Verletzung stammt bestimmt von Willis Gewehr, als ich es am Baum zertepperte.

Ich schaue auf meine Angeber-Armbanduhr: 21Uhr48.

Die Schwüle drückt, kein Lufthauch rührt sich, es nieselt wieder, ich habe Durst und rechts oben tief im dunklen Wald ertönt der späte Ruf eines Kauzes.

Der Asphalt der kurvigen Straße, die ich gerade hinaufgehe, glänzt wie gewichst. Nur in wenigen Zimmern der umliegenden Häuser brennt Licht. Wenn weiter nichts mehr passiert, wenn mir in der nächsten halben Stunde nicht noch einmal so ein Olvel von Pflaumenaugust in die Quere kommen oder gar ein UFO im Dammbachtal landen sollte, werde ich noch vor halb elf daheim sein, mir den Daumen verbinden, ein paar Eier backen und beizeiten im Bett liegen. Ausgehen ist heute nicht mehr drin. Die Begegnung mit Willi steckt mir noch zu sehr in den Knochen. Aber Morgen ist ja auch noch ein Tag, um im Mäc Panis-Club auf den Putz zu hauen. Samstags ist sowieso mehr los, in diesem 1A Halli Galli-Disko-Bumslokal, das im übrigen erst vor wenigen Monaten von einem gewissen Peter McPanis neu ins Leben gerufen wurde: Zum Wohle hunderter Nachtschwärmer und dutzender Macker - ganz gesunde, pillermanngesteuerte Macker, die von vulkanischer Leidenschaft erfüllt, immerzu nach gutwilligen Mamas fieberhaft fahnden.

Gleichwohl will ich auf die Feststellung Wert legen, daß die in Rede stehende Tanzbude nicht immer, aber meistens einem Zirkus gleicht, der gewissermaßen von einem Affenkäfig aus regiert wird. Ein zirka 900 Quadratmeter großer Zirkus mit zwei räumlich voneinander getrennten Bars und separatem Bistrocafe, mit Spiegelwänden, Balkenstrahlern, Diskodeckenkugeln, Laserlicht-orgelchen, eiernden Casablancaventilatoren und kühlschrankgroßen Pro Logik-Lautsprechertür-men, kurzum: ein Pressluftschuppen, in dem mittwochs, freitags, samstags sowie an diversen Nationalfeiertagen so ziemlich alles vertreten ist, was einen Namen hat; nach Adams Riese Hinz und Kunz, hoch und nieder, Leute im Alter von achtzehn bis älter als fünfzig. Wichtige. Wichtige wie du und ich. Jedenfalls Frauen, Frauen, Frauen. Gute Frauen. Allerbeste Ware... Mein lieber Herr Gesangverein, ich schwöre es: Bei den Ohren des Propheten.

Dumpf darüber nachbrütend, was mir heute alles durch die Lappen gehen wird, latsche ich weiter, heimwärts, von Krausenbach nach Wintersbach zu meiner neuen Wohnung; irgendeine dunkle dämliche Gasse entlang, kaum parkende Autos passierend, mürrisch, groggy, durstig, schweißig-schmuddelig, mit blutendem Daumen und hängenden Schultern, Nasenschleim hochziehend, zunehmend vom Selbstmitleid gepackt.

"WER IM MÄC PANIS-CLUB AUF DEN PUTZ HAUEN WILL, MUSS PIKO BELLO, AUSGERUHT, FEURIG SEIN", verkündet mein Innerer Guru.

Fein hatte ich mich gemacht. Fein für den Katzenschwanz.

"MORGEN ABEND GEHST DU HIN UND HOLST ALLES NACH."

Morgen ganz bestimmt.

Ende